やあ、またお会いしましたね。
ようこそ、「恐怖《きょうふ》の放課後《ほうかご》」へ。
おぞましい悪霊《あくりょう》たちが、
首をそろえてお待ちしていましたよ。
とびらの向こうでは、あいかわらず恐《おそ》ろしく、
そして不思議《ふしぎ》なできごとが、うずを巻《ま》いています。
さあ、今日もいっしょに行きましょう。
背筋《せすじ》もこおる、放課後《ほうかご》の世界へ……
コンニチワ〜

目次《もくじ》

あの世からのクリスマスプレゼント

静《しず》かな夜だった。

「久《ひさ》しぶりだな、ホワイトクリスマスなんて」

珍《めずら》しく早く帰ってきたパパが、窓《まど》の外を見ながらそう言った。今日はクリスマスイヴ。わたしの家でも間もなく、ホームパーティが始《はじ》まろうとしていた。

「はーい、お料理《りょうり》をならべてちょうだい。パパはシャンパンの用意《ようい》をお

願《ねが》いね」

ママは朝から大張《おおは》り切《き》りだ。部屋《へや》の飾《かざ》りつけは、わたしとお姉ちゃんの係《かかり》。ママはお料理《りょうり》で、パパはそのほかの雑用係《ざつようがかり》。パーティの準備《じゅんび》は、着々《ちゃくちゃく》と進《すす》んでいた。

【ピンポーン】

だれだろう、こんな夜に。

「おとどけものでーす！」

ドアを開《あ》けると、男の人が青い大きな箱《はこ》を抱《かか》えて立っていた。うっすら積《つ》もった雪の上に、宅配便《たくはいびん》の軽《けい》トラックが見える。ママの横《よこ》からパパが出てきて、その箱《はこ》を受《う》け取《と》った。

「なんだいこりゃ。差出人《さしだしにん》が書いてないじゃないか。そそっかしい人だな。ほら、雪乃《ゆきの》あてだぞ。クリスマスプレゼントかな」

「わたしに？　心当たりがないなあ」

宅配便《たくはいびん》の男の人は、せかせかとサインを受《う》け取《と》ると、雪の町へ消《き》えて行く。わたしがこまった顔をしていたら、ママがその箱《はこ》をパパから取《と》り上げた。

「でもへんね。差出人《さしだしにん》を書かなかったら、宅配便《たくはいびん》の受《う》け付《つ》けで気づくはずだわ。何かのまちがいだといけないから、まだ開《あ》けないほうがいいかしらね」

　そんなわけで、この奇妙《きみょう》なクリスマスプレゼントは、そのまま玄関《げんかん》の

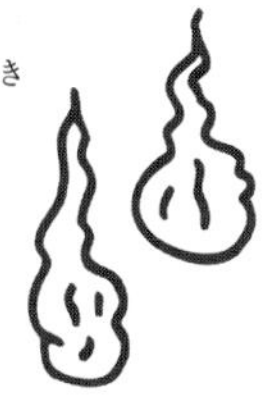

すみっこに置《お》かれることになった。

「はい、パパの番《ばん》だよ」

「うわっ、ババが来たぁ！」

部屋中《へやじゅう》に笑《わら》い声がひびきわたる。トランプをしたり、カードゲームでもりあがったり。それはそれは楽しい一夜だった。けれどそんな夜も、あっという間にふけていく。

「あー、もう十一時か。どうりで眠《ねむ》いわけだよ。あたし、もう寝《ね》ようかな」

シャワーは夕方にすませておいた。だからもう、いつでも夢《ゆめ》の世界《せかい》に

突入《とつにゅう》することができる。

「さてと、それじゃ、ホームパーティはそろそろ終《お》わりにしようか。明日は、映画《えいが》に行くんだから、今日のところはこのへんにしておこう」

そうだった。明日は明日で、別《べつ》のお楽しみが待《ま》っている。いいなあ、冬休みって。

「おやすみなさーい……」

わたしは眠《ねむ》い目をこすりながら、二階《かい》にある自分の部屋《へや》へ行った。

「ふわあ、眠《ねむ》い。おやすみなさい……」

わたしはひとりごとを言って、そのままベッドにもぐりこんだ。

フッと目が覚《さ》めた。

「今、何時なのかしら」

まくら元の時計を見る。もうすぐ午前二時。

「なんでこんな時間に目が覚《さ》めたのかなあ。うーん、ねよねよ」

ガバッと頭からふとんをかぶる。それなのに、今度《こんど》は眠《ねむ》れない。こんなことはめったにないのに。

「まあ、いっか。明日もお休みだし」

ゴロンと寝返《ねがえ》りをうったわたしの目に、見なれないものが映《うつ》った。

「なに、これ……」

スタンドのあかりをつける。真《ま》っ白い光が、ナイフのようにつきささ

ってきた。

「まぶし～い！　……あれ？」

そこにあったのは、青い大きな箱《はこ》。

「これって、さっき届《とど》いた箱《はこ》じゃない。どうしてここにあるんだろう。

ママが持《も》ってきたのかなあ」

差出人《さしだしにん》は書いてないけれど、宛名《あてな》はたしかにわたし。だからきっと、
ママが持《も》ってきてくれたにちがいない。そう思うことにしたわたしだった。けれど……。

「ん？　何だろう、この音」

じっと耳をすます。すると、【　カリカリ　】と、何かをひっかくよ

うな音がする。それも目の前の箱《はこ》の中からしてくるのだ。

「もしかして、『うさぎ』とか『ハムスター』とかだったりして。だとしたら、このままじゃ、死《し》んじゃうかも」

一度《いちど》そう思ってしまうと、気になってしかたがない。わたしはそっとひもをほどき、ゆっくりと青い包《つつ》み紙を開《あ》けていった。

「あとはこのガムテープをはがして……っと」

ベリベリッと意外《いがい》なほど、大きな音がした。

「さて、何が登場《とうじょう》するかな?」

期待《きたい》に胸《むね》をワクワクさせるわたし。そしてふたを開《あ》ける……。

「えっ、な、何これ!」

あんただけズルイじゃないの……ブツ……

中に入っていたのは、小さな人形だった。それも人間のように動《うご》いている。その〝人形〟は、箱《はこ》からピョンと飛《と》びだしてわたしの目の前に立った。

「わ、わたしじゃないの！」

そう、その人形は、わたしだった。小さな小さなわたし……。そしてその〝わたし〟は、ベッドの上に飛《と》び乗《の》って、大きく背伸《せの》びをし、それからわたしそっくりの声で言った。

【そうよ、わたしはあんた。そろそろ交代《こうたい》してよ。〝あの世〟って、たいくつでしかたないんだから】

「い、いやよ。なんであんたなんかがわたしなのよ。ただの気味《きみ》悪《わる》い人形じゃないの！」

そう叫《さけ》ぶと、人形のわたしは「やれやれ」というように腰《こし》に手を当て、そして箱《はこ》の中に向《む》かって指笛《ゆびぶえ》を吹《ふ》いた。すると、中からたくさんの〃わたし〃がゾロゾロと出てきた。

【いやでも交代《こうたい》してもらうよ。あんたばっかりこの世で楽しまないでよね】

気がつくとわたしの体《からだ》は無数《むすう》の〃わたし〃につかまれ、箱《はこ》の中へ引きずりこまれていった……。

吹雪《ふぶき》の中で死者《ししゃ》が泣《な》く

冬がやって来た。そして待《ま》ちに待《ま》った冬休み。このシーズン、ぼくの家では決《き》まって出かける場所《ばしょ》がある。それはスキー場《じょう》。

「一樹《かずき》、忘《わす》れ物《もの》はないか？」

おとうさんの言葉《ことば》に、もちろんと、うなずくぼく。さあ、一路《いちろ》、群馬《ぐんま》県《けん》のスキー場《じょう》へ向かって出発《しゅっぱつ》だ。

「うーん、今年はやっぱり、雪が少ないなあ」

おとうさんは、ゴーグルをおでこのあたりまで押《お》し上げて、ため息《いき》まじりにそう言った。これも暖冬《だんとう》のせいなのだろうか。ゲレンデのあちらこちらにブッシュ(注)が顔をのぞかせている。

「これじゃ、思うようにすべれないな。一樹《かずき》、もっと上に行ってみるか」

(注) こぶのようにもりあがった切りかぶ。

〝上〟というのは、コースの上のほう。

つまり、中級者《ちゅうきゅうしゃ》コースのことだ。

「うん、行ってみる。ぼくきっと、だいじょうぶだから」

ぼくがスキーを始《はじ》めたのは二年生の時。あれから二年もたっている。だいぶ上達《じょうたつ》したから、きっと何とかすべれるさ。だけど、おかあさんと妹の菜摘《なつみ》は、ちょっと不安《ふあん》そうだ。

「菜摘《なつみ》はまだ無理《むり》よ。いいわ、わたしたちはこのあたりでのんびりすべってるから。二人で行ってらっしゃい」

そんなわけで、ぼくとおとうさんの二人だけが、中級者《ちゅうきゅうしゃ》コースのリフトに乗《の》った。そのリフトが上がって行くにつれ、雪が強く降《ふ》っている。

「ちょっと上がっただけなのに、ずいぶん天気がちがうんだね」

「スキー場《じょう》ではそういうことがよくあるのさ。……それにしても、すごい雪になったな」

おとうさんの言うとおりだ。一気に強くなった雪。リフトを降《お》りたあたりでは、十メートル先もよく見えないほどだ。

「それにしてもおかしいな。下からだれも上がってこない。リフト乗《の》り場《ば》であんなに並《なら》んでいた人たちは、みんなどこへ行ってしまったんだ」

確《たし》かにぼくたちの後ろから上がってくる人もいないし、このあたりにも人のいる気配《けはい》がない。どこを見ても、まっ白な世界《せかい》が広がっているだけだ。とても今、すべりだせるような状態《じょうたい》ではない。

「しっ！」

その時、おとうさんが、口の前に指《ゆび》を一本立てた。

「今、何か聞こえなかったか？」

その言葉《ことば》に、ぼくはじっと耳をすました。

【う、ううっ、う〜ううう】

何かがすすり泣《な》いているような声。確《たし》かに聞こえる。それがどっちの方向《ほうこう》から聞こえてくるのか、それはわからない。けれど、確《たし》かに聞こえるんだ。

「おとうさん、なにこれ。何なの？」

「わからない。風の音かとも思《おも》ったけど、そうじゃない。何かが……泣《な》

いているんだ」

雪も風もますます強くなり、もはや吹雪《ふぶき》となっていた。

ぼくとおとうさんは、リフト乗降所《じょうこうじょ》のひさしの下でじっとこの吹雪《ふぶき》が通りすぎるのを待《ま》った。そのうちリフトが止まり、ぼくたちは完全《かんぜん》に取《と》り残《のこ》されてしまった。

いったい、どれくらいの時間がたったのだろう。荒《あ》れ狂《くる》った吹雪《ふぶき》もようやくピークを過《す》ぎ、空も少しずつ明るくなってきた。
「よかったね、おとうさん。もう少しだ。ほら、あっちの木も見えるようになって……」

そこまで言って、ぼくは「あれっ」と小さく叫《さけ》んだ。ひとつの明かりが、こっちに向《む》かってゆっくり下りてくるのだ。

「スノーモービルだな。あの人もきっと、吹雪《ふぶき》のおさまるのを待《ま》っていたんだろう」

やがてエンジンの音が聞こえるようになり、一台の赤いスノーモービルが、ぼくたちのほうに近づいてきた。はでな色のウェアを着《き》た男の人だった。

「上のほうも吹雪《ふぶき》でしたか？」

おとうさんが両手《りょうて》をメガホンにして大声でたずねる。けれど、その人はこっちをチラリとも見ず、無表情《むひょうじょう》にゲレンデを下っていく。

「はっ！」

次《つぎ》の瞬間《しゅんかん》、ぼくは自分の目を疑《うたが》った。スノーモービルを運転《うんてん》している人の背中《せなか》に、ひとりのおばあさんがしがみついていたのだ。それも、まっ白な薄《うす》い服《ふく》を着《き》ただけのおばあさん。とてもこんなところに来るかっこうじゃない。

【ううっ、うう〜、う】
その時、また聞こえたんだ。あの不気味《ぶきみ》な泣《な》き声が。ぼくとおとうさんは思わず顔を見合わせ

た。

雪が弱くなると同時に、ぼくたちはゲレンデを慎重《しんちょう》にすべり降《お》りた。一番下《いちばんした》の緩斜面《かんしゃめん》まで来ると、何だか騒《さわ》がしい。急《きゅう》に人が増《ふ》えて、ガヤガヤ騒《さわ》いでいる。それだけじゃない。赤いランプがクルクルと回っている。何か事故《じこ》でもあったんだろうか。

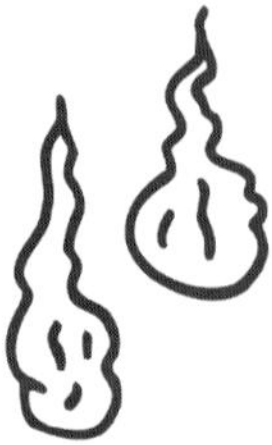

「あっ、おとうさん！」
声の方向《ほうこう》にはおかあさんがいた。もちろん菜摘《なつみ》もいっしょだ。

「どうしたんだ。何かあったのかい？」
「それがね、上のほうからスノーモービルがすごい勢《いきお》いで下りてきて、

そこのブッシュにぶつかったの。運転《うんてん》していた人、血だらけだったわ」

ちょうどその人が、救急隊《きゅうきゅうたい》に運《はこ》ばれていくところだった。グチャグチャにつぶれたスノーモービルは赤。

「さっきの人だ……」

おとうさんも、ウンとうなずく。

「ねえ、もう一人乗《の》ってたでしょ。おばあさんみたいな人」

ぼくの言葉《ことば》に、おかあさんは首をかしげた。

「いなかったわよ、そんな人。わたしも菜摘《なつみ》も、はっきり見たんだから。あの人が一人ですべり降《お》りてくるところを」

その時、あの泣《な》き声がぼくの耳の中でかすかに聞こえた。

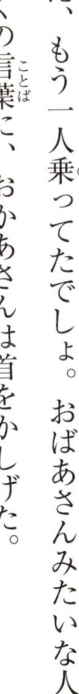

真冬《まふゆ》の湖《みずうみ》で

ひっそりとした湖《みずうみ》だった。鏡《かがみ》のような水面《すいめん》に一そうの小さなボートが、ゆらゆらと浮《う》かんでいる。静《しず》けさを求《もと》めて、十二月の冷《つめ》たい湖《みずうみ》にボートをこぎだしたのだ。

「ほら、見てごらん。お魚が見えるよ」

「うわあ、すぐ近くを泳《およ》いでいるんだね。こんなに冷《つめ》たいお水なのに」

まだ四歳《さい》の娘《むすめ》にいいところを見せようと、父親がこんなことを言い出

した。

「ようし、真衣《まい》。パパがこの網《あみ》で取《と》ってあげよう。ちょっと待《ま》っていなさい」

「あ、やめて、パパ」

母親があわてて、父親の体を押《お》さえた。

「だいじょうぶだよ。ほら、この網《あみ》で……、あっ！」

母親の心配《しんぱい》が当たった。立ち上がったひょうしに、小さな手こぎボートは大きくバランスを失《うしな》い、女の子が冷《つめ》たい水の中に投《な》げ出された。

「あっ、真衣《まい》！　真衣《まい》！」

父親が水の中に飛《と》びこむ。いない。母親が携帯電話《けいたいでんわ》で救助《きゅうじょ》を求《もと》める。

あたりが大騒《おおさわ》ぎとなり、懸命《けんめい》のそうさくが続《つづ》いた。けれどいくら探《さが》しても、女の子は発見《はっけん》されなかった。

☆　☆　☆　☆　☆　☆　☆　☆

それから三年後、夫婦《ふうふ》の間に一人の女の子が生まれた。「リナ」と名づけられたその子は、両親《りょうしん》の愛情《あいじょう》を体いっぱいに受《う》け、すくすくと成長《せいちょう》した。二人が真衣《まい》のことをわすれたわけでは決《けっ》してない。むしろ、真衣《まい》の分までと思ってリナをかわいがった。

そして四年の月日が流《なが》れた。

ある冬のことだった。

「リナね、キャンプへ行きたいな」

「キャンプっていっても、今は寒《さむ》いから、来年の夏になったら行こうな」

父親はそう言って、リナの頭をくるっとなでた。

「いや。真美《まみ》ちゃんちだって、圭人《けいと》君《くん》ちだって行くんだよ。リナも行きた～い！」

リナには弱い両親《りょうしん》だ。

「そうか。じゃ、バンガローを借《か》りて、そこでバーベキューでもやるか」

「わあい、やったあ！」

バンガローもバーベキューも意味《いみ》がわからない。それでもリナは飛《と》び上がって大喜《おおよろこ》び。そして少し考えてからこう言った。

「お魚がいるところがいいな。お水がたくさんあって、お山もあるの。

テレビでみて、こういうところに行きたいな〜って思ってたんだ」

その言葉《ことば》に、両親《りょうしん》は思わず顔を見合わせた。

「テ、テレビでみたのか。そうだな。じゃあ、そういうところへ行くか」

真衣《まい》のことがあったせいか、リナにはとにかく甘《あま》い両親《りょうしん》だった。

それからおよそ一か月後、親子はとある湖《みずうみ》のほとりにいた。ちょっとおしゃれなバンガロー。その庭《にわ》にはバーベキューコーナーもある。

「ああ、いい気分だ。やっぱり自然《しぜん》はいいなあ」

「そうね。しばらく、こういうところへは来なかったから。ちょっと寒《さむ》いけどね」

何軒《なんけん》か並《なら》んだバンガローのあちらこちらから、ゆらゆらとけむりが立ちのぼっている。みんな、この静《しず》かな自然《しぜん》をたっぷり楽しんでいるのだろう。

「ボートに乗《の》りたーい。お魚が見たーい」

リナのとつぜんのことばに、両親《りょうしん》は返事《へんじ》につまった。

「あ、ボ、ボートはないんだよ。ここにはないの。また今度《こんど》ね」

とその時、となりのバンガローから一人の男の人がやってきた。笑顔《えがお》の手には、大きな手鍋《てなべ》。

「やあ、楽しんでますね。実《じつ》は〝ほうとう〟を煮《に》こんだんですが、ちょっと作り過《す》ぎちゃいましてね。食べてもらえませんか？」

白いヒゲの混《ま》じった、六十歳《さい》くらいの人だ。いかにも「キャンプのベテラン」といった感じがする。

「ありがとうございます。それはごちそうですね。さすがに冬の湖畔《こはん》は冷《ひ》えますから、温《あたた》かいものは、ありがたいですよ」

父親がお礼《れい》を言ったとき、リナが横《よこ》から口をはさんだ。

「おじちゃんち、お舟《ふね》持《も》ってるでしょ。リナ、乗《の》りたいの」

「えっ、どうして知ってるんだい？」

男の人は、目をまん丸に見開《みひら》いて、リナを不思議《ふしぎ》そうに見つめた。

「た、たしかに持《も》っているよ。ほら、あそこにつないである白っぽいボートがそうさ」

気の進《すす》まない両親《りょうしん》だったが、リナのしつこさに負《ま》けて、とうとうそのボートを借《か》りることになった。

「わあ、きれいなお水ねぇ。底《そこ》までよく見えるよ」

両親《りょうしん》の胸《むね》を、フッと悲《かな》しい思い出がよぎる。けれどそんな思いも、楽しそうなリナを見ていると、少しずつうすれていった。

ボートがゆっくりと進《すす》み、やがて湖《みずうみ》のまん中あたりまで来た。リナは相変《あいか》わらず、ボートのへさきにいて、楽しそうな歓声《かんせい》を上げていた。

「さて、そろそろもどろうか」

父親がポツリと言ったその時だ。

「パパ、ママ。わたしを覚《おぼ》えてる?」

リナがゆっくりとふり向《む》く。その瞬間《しゅんかん》、両親《りょうしん》の頭の中にいなづまが走った。

「ま、まさか……」

「ねえパパ。今日はボートの上で立ち上がらないでね。二回も冷《つめ》たい思いをするのはいやだから」

ごたいめーん…
カンゲキ

その顔は、〝真衣《まい》〟だった。一日だってわすれたことのない真衣《まい》の顔。

そのほっぺに、ひとすじのなみだが流《なが》れていた。

「わたし、真衣《まい》だよ。リナじゃない。会いたかったの、パパとママに！」

ボートの上でかたく抱《だ》き合う三人。そこには恐怖《きょうふ》も、うたがいもなかった。会いたくてたまらない者《もの》同士《どうし》が不思議《ふしぎ》な出会いによって、今、たしかにここにいる。三人の影《かげ》が、静《しず》かな湖面《こめん》にいつまでも映《うつ》っていた。

やみ夜にひびく笑《わら》い声

それは冬休みに入って間もないころのことだった。

「お正月には行けないから、ちょっと早いけど、今のうちに行っておこうか」

おとうさんがカレンダーを見ながら、ポツリと言った。

「おとうさんは二十八日が仕事納《しごとおさ》めだから、その日の夜に出発《しゅっぱつ》っていうのはどうだ？」

ぼくたちが行こうとしているのは、栃木県《とちぎけん》の今市《いまいち》に住《す》むおばあちゃんの家。家族《かぞく》みんながその提案《ていあん》に賛成《さんせい》し、そしてその日がやって来《き》た。

夕方から降《ふ》り出した雨が、高速道路《こうそくどうろ》の上でみぞれに変《か》わった。東北《とうほく》自動車道《じどうしゃどう》から日光宇都宮道路《にっこううつのみやどうろ》に入る。とたんに車の量《りょう》が減《へ》り、わが家の車のライトだけが、うっすら白くなった道路《どうろ》をぼんやりと照《て》らしていた。

時刻《じこく》は夜中の十一時半。と、その時だ。

「わわっ、あぶない！」

車が急《きゅう》に、反対車線《はんたいしゃせん》へふわっと寄《よ》って、あやうく中央《ちゅうおう》（注）分離帯《ぶんりたい》にぶつかりそうになったんだ。

（注）道路の真ん中にあり、車線を往復の方向にわけている帯。

「どうしたの？　タイヤがすべったの？」

中一のお姉ちゃんが、不安《ふあん》そうにたずねる。

「い、いや、そうじゃない。どうも仕事《しごと》の疲《つか》れが出たみたいだ」

おとうさんは、自分のほっぺをペシペシとたたく。そんなおとうさんの顔を心配《しんぱい》そうにのぞきこむおかあさん。

「ねえ、ちょっと休んでいったほうがいいんじゃない？」

おかあさんは運転《うんてん》ができない。だから、おとうさんが一人で運転《うんてん》するしかないんだ。

「そうだよ、休みなよ。事故《じこ》ったらたいへんだから」

ぼくもおかあさんの意見《いけん》に賛成《さんせい》だ。

「そうだな。ちょっと休んでいくか」

ちょうど2キロ先にパーキングエリアがある。ぼくたちはそこで休憩《きゅうけい》をとることにした。車がスピードを落《お》とし、ゆっくりと左にカーブする。パーキングエリアの白っぽい明かりの中で、降《ふ》り続《つづ》くみぞれが銀色《ぎんいろ》に光っていた。

「だれもいないね」

一台の車も止まっていない。トイレと自動販売機《じどうはんばいき》が一つあるだけだ。

「そうだな。まあ、こんなちっぽけなパーキングだ。こんな時期《じき》だし、時間もおそい」

たしかにクリスマスとお正月の中間だ。ましてこんな時刻《じこく》に出かける

人なんて、そんなにいるもんじゃない。だけどそれにしても……。

街灯《がいとう》の下に車を停《と》める。シャラシャラというみぞれの音が、車の屋根《やね》をたたいていた。

「ぼく、トイレに行ってくる。おとうさんも行こうよ」

「なんだ、五年生にもなって、一人で行けないのか。情《なさ》けないやつだな」

そんなこと言ったって、ほかにだれもいないんだもの。一人で行けって言うほうが無茶《むちゃ》だ。おかあさんとお姉ちゃんは、あとにすると言った。

「ううっ、寒《さむ》い！」

吐《は》く息《いき》がまっ白だ。気温《きおん》はかなり下がっているんだろうな。

トイレの蛍光灯《けいこうとう》が一本切れかかって、チカチカとついたり消《き》えたりを

くりかえしている。

「なんか、古いトイレだね、ここ」

ぼくがそう言って、おとうさんのほうをふり向《む》いたその時だ。

【キャハハハ……】

女子トイレのほうから、バカ笑《わら》いが聞こえてくる。若《わか》い女の人の笑《わら》い声だ。

「なんだ、だれかいるんじゃん」
けれどおとうさんは、ねぼけ顔でポケーッとしてる。
トイレを出ると、みぞれが少し強くなっていた。車にもどると、女性軍《じょせいぐん》はお菓子《かし》を食べている。おとうさんが車のシートを少し倒《たお》した。

するとすぐに、軽《かる》いいびきが聞こえてきた。

「かなりつかれているみたいね。やっぱり、夜の出発《しゅっぱつ》はやめればよかったかしら」

　おかあさんはちょっと心配《しんぱい》そうだ。だけど、大晦日《おおみそか》から親せきのおじさん一家がうちへ泊《と》まりに来ることになっている。だから、この日を選《えら》ぶしかなかっ

たんだ。

それから三十分くらいたったころ、女性軍《じょせいぐん》が「トイレに行く」と言って、外に出た。おとうさんはまだ寝《ね》ている。

「おとうさん、早く起《お》きないかなあ。なんだかここって……」

間もなく女性軍《じょせいぐん》がトイレから、走って出てきた。

「さむさむっ！　あら、おとうさん、まだ寝《ね》てるの？」

その声におとうさんが目を覚《さ》ました。

「うーん、ちょっとすっきりしたぞ。もう一回、トイレに行ってくるよ」

おとうさんがトイレに走る。そして間もなくもどってきた。

「じゃ、出発《しゅっぱつ》しましょ。……あら、おとうさん。ねえ、おとうさん！」

おかあさんの言葉に、おどろいたような声でおとうさんが返事《へんじ》をする。

「あ、ああ。出発《しゅっぱつ》しよう。すぐ出発《しゅっぱつ》しよう」

キキーッとタイヤを鳴らして急発進《きゅうはっしん》。安全運転《あんぜんうんてん》のおとうさんらしくない発進《はっしん》だ。

「どうしたの、顔色が悪《わる》いわよ」

するとおとうさんは、ゴクッとつばをのみこんで言った。

「聞こえたんだ、女の笑《わら》い声が」

その言葉に、女性軍《じょせいぐん》が顔を見合わせる。

「うそ。女子トイレには、わたしたちしかいなかったわよ」

時速《じそく》100キロで走る車に向《む》かって、みぞれの大群《たいぐん》がやりのようにつ

マジ?

きささってくる。おとうさんの口が、ゆっくりと動《うご》いた。

「一度目《いちどめ》に行ったときも聞こえたよな。今、おれが行ったときにも聞こえたんだ。女の笑《わら》い声が。三十分もトイレに入りっぱなしなんて、おかしいよな。それに……」

「それに……、なに？」

「あのパーキングにいたのは、うちの車だけだったんだ」

高速道路《こうそくどうろ》のパーキングエリアには、車でしか来ることはできない。ということは……。

いつの間にか道路《どうろ》の上は、すっかり白いじゅうたんに変《か》わっていた。

真夜中《まよなか》のサンタクロース

その夜、結衣《ゆい》はなかなかねむれませんでした。

「ふん、何がクリスマスプレゼントよ。いらないんだから、そんなの」

根室《ねむろ》（北海道《ほっかいどう》）の冬は、とてもきびしい季節《きせつ》。町も山も、どこからどこまでまっ白な雪にうめつくされます。そんな根室《ねむろ》にも、クリスマスソングは流《なが》れます。お店のショーウインドウには、色とりどりのイルミネーションがかがやき、街路樹《がいろじゅ》の枝《えだ》も青白い光でキラキラにかざりつけら

れるのです。

「わたしんち、クリスマスイヴは、家族《かぞく》でレストランに行くんだ」

「今年はサンタさん、何をプレゼントしてくれるのかなあ」

結衣《ゆい》のクラス、三年二組はクリスマスの話でもりあがっています。

「結衣《ゆい》ちゃんちはクリスマス、どうするの？」

友だちにそう聞かれると、プイッとそっぽを向《む》いてしまいます。

「プレゼント、何がほしいの？」

そうたずねられると、何も答えずに校庭《こうてい》へ飛《と》び出していってしまいます。

「クリスマスが何だっていうのよ。それに三年生にもなって、本当にサンタがいるなんて思ってるのかしら。バッカじゃない！」

そんなことをつぶやいて、えいっと逆上《さかあ》がりをするのです。

結衣《ゆい》のおとうさんは去年《きょねん》、交通事故《こうつうじこ》でなくなりました。ちゃんと歩道を歩いていたのに、わき見運転《みうんてん》の車にはねられてしまったのです。それから間もなく、おかあさんはパートで働《はたら》くようになりました。結衣《ゆい》は学校から帰ってくると、幼稚園《ようちえん》の弟のめんどうをみなくてはなりません。去年《きょねん》までのように、家族《かぞく》そろってクリスマスを楽しむことなんてできないのです。プレゼントはいつも、おとうさんの手から、結衣《ゆい》にわたされていました。

「今年はクリスマスプレゼントもなしか……。まあ、いいけどね、そんなもの」

そう言って、またクルッと逆上《さかあ》がりをします。あふれそうになるなみだを、グルンと回ってふきとばすかのように……。

「ううん、やっぱりねむれないなぁ」

そっと耳をすますと、窓《まど》の外からシャラシャラというかすかな音が聞こえます。風の音も聞こえます。そっと起《お》きあがって、くもった窓《まど》ガラスを手でキュッとふきました。雪です。風に乗《の》った大つぶの雪が、窓《まど》ガラスをたたいているのです。

「今日は、みんなでいっしょに寝《ね》ればよかったかな」

おかあさんは、おくの寝室《しんしつ》で弟といっしょに寝《ね》ています。弟のねぞうが悪《わる》いので、おとうさんがなくなった後も、結衣《ゆい》はいつも自分の部屋《へや》で寝《ね》ています。

ふとんから出てしまうと、寒《さむ》さが結衣《ゆい》の体をすっぽり包《つつ》みました。北海道《ほっかいどう》の家は、どの家でも寒《さむ》さをふせぐ工夫《くふう》がしてあります。なのに、どうしてこんなに寒《さむ》いのでしょう。

「ううっ、寒《さむ》い！」

あわてて、ふとんの中へもぐりこみました。頭からすっぽりかぶってじっとしていると、いつのまにかうとうととしてきました。ようやく眠《ねむ》

れそうです。
「え、なに……？」
やっと眠《ねむ》れそうだと思ったのに、何かの音で結衣《ゆい》は
また目をさましました。
【キキッ。カシッカシッ】
いったい何の音でしょう。頭の上のほうから聞こえてきます。そこに
あるのは窓《まど》……。結衣《ゆい》は頭からかぶったふとんを目の下まで下げて、窓《まど》
のほうをじっと見つめました。
ススッ、ススッ……。たしかにかぎも閉《し》めたはずの窓《まど》が、ゆっくりと
開《ひら》いていきます。

（ど、どうして？　だってここは二階《にかい》なのに）

そうです。結衣《ゆい》の部屋《へや》は二階《にかい》。それに窓《まど》の外には、ベランダも何もありません。だれも入ってこられるはずがないのです。白い雪が冷《つめ》たい風と共《とも》に、ドッと部屋《へや》の中に入りこみます。そして入ってきたのは、雪や風だけではありませんでした。

「な、なにこれ。やだ、だれか助《たす》けて！」

入ってきたのは、黒い大きなかげでした。のそっと窓《まど》をまたぎ、結衣《ゆい》

の部屋《へや》に入ってきたのです。ふとんの中に入っているのに、体がガタガタとふるえます。歯《は》までがガチガチとこきざみな音を立てていました。黒いかげは、大きな体をゆらりとゆらして、結衣《ゆい》のほうに向《む》き直《なお》ります。それからひくい声で、こう言いました。

【メリークリスマス！】

「えっ、サンタ？」

そう、そのかげはサンタクロースでした。ぼんやりとうす暗《ぐら》い明かりの下でも、赤い服《ふく》はよく見えました。そして白いおひげの男の人。背中《せなか》には大きなふくろを背負《せお》っています。

【メリークリスマス、結衣《ゆい》】

「はっ！」

結衣《ゆい》はそのサンタクロースをじっと見て、思《おも》わずいきをのみました。

「パパ！　生きてたの、パパ！」

それはたしかに結衣の大好《だいす》きなパパでした。

「パパ、生きていたなら、どうして今まで帰ってきてくれなかったの？」

思《おも》わず抱《だ》きついたおとうさんは、以前《いぜん》のままのおとうさんでした。

暖《あたた》かくて、ちょっとふとっちょで。

【結衣《ゆい》、ちょっとの間に大きくなったな、これからもママをよろしくたのむよ】

ニコッと笑《わら》ったおとうさんは、それだけ言うと、ふわっと姿《すがた》を消《け》しま

した。

「えっ、パパ。どこへ行ったの？　どうして行っちゃうの？　パパ、パパ！」

もういくらさけんでも、そこにはだれもいません。開《あ》けはなたれた窓《まど》から、冷《つめ》たい風がふきこんで、カーテンをゆらしているだけでした。

「結衣《ゆい》、もう起《お》きなさい。冬休みだからっていつまでも寝《ね》てるんじゃないの！」

おかあさんの声で目がさめました。

「なんだ、ゆめだったのか」

ちょっとがっかり。

「しょうがない、着《き》がえて……」

結衣《ゆい》がベッドから起《お》きあがろうとすると、その手に何かがふれました。

「何これ……。あ、プレゼント」

きれいな包《つつ》み紙《がみ》に、かわいいリボン。開《あ》けてみると、中には白い〝オカリナ〟が入っていました。

「なんで？　わたしがオカリナをほしがってること、パパしか知らないはずなのに……。まさか。パパ……」

ガラッと開《あ》けた窓《まど》の外。そこにはピカピカの青空が結衣《ゆい》をやさしく見おろしていました。

いいはなしじゃん…

百物語《ひゃくものがたり》のあとで

みなさんは、〝百物語《ひゃくものがたり》〟を知っていますか？　夜に集《あつ》まった人々《ひとびと》が順《じゅん》にコワイ話をし、終《お》わるごとに目の前のロウソクを一本ずつ消《け》していく。そして最後《さいご》の話が終《お》わって、最後《さいご》の一本を消《け》すと、その場所《ばしょ》にはあの世の妖怪《ようかい》がたくさん集《あつ》まる……という、昔《むかし》から伝《つた》わるきもだめしの一種《いっしゅ》です。

彩菜《あやな》ちゃんは、小学校二年生。秋田県《あきたけん》の雪深《ゆきぶか》い地方《ちほう》に住《す》んでいます。

「今夜《こんや》は、〃かまくら百物語《ひゃくものがたり》〃をやるんじゃ。彩菜《あやな》もこんか？」

近所《きんじょ》に住《す》むスズばあちゃんが、下校中の彩菜《あやな》ちゃんに声をかけました。

この年は、いつもの年以上《いじょう》の大雪で、広場《ひろば》にはたくさんのかまくらが作られていました。〃かまくら〃というのは、雪で作った小屋《こや》のようなもので、子どもたちはその中でおもちをやいて食べたり、トランプをして遊《あそ》んだり、楽しい時間をすごすのです。そしてそのかまくらの中で行う百物語《ひゃくものがたり》を、このあたりの人たちは、「かまくら百物語《ひゃくものがたり》」といっていました。

「彩菜《あやな》のおかあさんには、もう話をしてある。『ぜひ、彩菜《あやな》も参加《さんか》させてください』と言っておったぞ」

そう言って、スズばあちゃんは、楽しそうに笑《わら》うのです。家に帰るとさっそく、おかあさんにそのことを聞《き》いてみました。

「ええ、言ったわよ、スズさんに。彩菜《あやな》はおくびょうだから、行って度胸《どきょう》をつけてきなさいよ。かまくらの中で百物語《ひゃくものがたり》を聞いた子どもは、心の強い子になれるんですって」

けれど彩菜《あやな》ちゃんは、あまり気がすすみません。前に「かまくら百物語《ひゃくものがたり》」に参加《さんか》した上級生《じょうきゅうせい》から、いろいろこわい話を聞かされていたからです。

「そんなのうそに決《き》まってるじゃない。かまくら百物語《ひゃくものがたり》は、昔《むかし》から伝《つた》わる遊《あそ》びの一つなの。けっこう楽しいわよ。いいから行ってらっしゃい」

明日は土曜日で、学校はお休み。友だちの果奈《かな》ちゃんも、佑香《ゆうか》ちゃんもいっしょに行くということを聞いて、彩菜《あやな》ちゃんは百物語《ひゃくものがたり》に参加《さんか》することにしました。

次《つぎ》の日の午後八時。広場《ひろば》に作られたいくつものかまくらは、どこも満員《まんいん》でした。

「せまいなあ。こんなぎっしりでお話を聞くの？」

たしかに「ぎっしり」でした。せまいかまくらの中に、聞き役《やく》の子どもが八人、話をする役《やく》の大人が二人。これ以上《いじょう》もう、一人も入れません。

「ハハハ、『かまくら百物語《ひゃくものがたり》』は毎年、こうなんじゃ。人気があるからの

う」

彩菜《あやな》ちゃんのかまくらでコワイ話をしてくれるのは、スズばあちゃん。それに大工のトメじいさんです。子どもたちの中には、もちろん果奈《かな》ちゃんも、佑香《ゆうか》ちゃんもいます。

「さて、そろそろ始《はじ》めるかのう。むかしな……」

まず、スズばあちゃんが話を始《はじ》めます。最初《さいしょ》の話は、「化《ば》けもの使《つか》い」という、江戸《えど》時代《じだい》のお話でした。続《つづ》いてトメじいさんが、「ネコ定《さだ》」というお話。その次《つぎ》はまたスズばあちゃんの「お化《ば》け長屋《ながや》」という話……。というように、交代《こうたい》で話をしていきます。用意《ようい》されたロウソクは八本。つまり、全部《ぜんぶ》で八つの話が用意《ようい》されていました。

一時間半ほどたって、最後《さいご》の「ろくろ首」という話が終《お》わり、残《のこ》った一本のロウソクがフッと吹《ふ》き消《け》されました。

「キャーッ！」

あたりはいっしゅんで、まっ暗《くら》になりました。あちこちのかまくらからも、悲鳴《ひめい》があがっています。きっと、同じように最後《さいご》のロウソクが消《け》されたのでしょう。

「ああ、こわかった。果奈《かな》ちゃん、佑香《ゆうか》ちゃん、いる？」

「いるよ、となりに」

彩菜《あやな》ちゃんは、ホッとむねをなでおろします。だけどにぎったその手が、何かザラッとしたような……。きっと気のせいでしょう。

「ああ、よかった。みんないるね。だけど、こんなに暗《くら》くちゃ何も見えないなあ。スズばあちゃん、明かりつけてよ」

「はいよ、懐中電灯《かいちゅうでんとう》」

そう言って彩菜《あやな》ちゃんの手に、懐中電灯《かいちゅうでんとう》をにぎらせてくれました。スイッチをパチンと入れます。その時、明かりの中にうかび上がったのは……。

「うわわっ、な、なにこれ」

そこにいたのは、友だちでもスズばあちゃんでもありませんでした。手が何本もある長い髪《かみ》の女の人、頭ばかりがものすごく大きな男の人、ベロがヘビの

ように長い人……。果奈《かな》ちゃんも、佑香《ゆうか》ちゃんも、いつの間にか気味《きみ》の悪い妖怪《ようかい》に変《か》わっていました。

「うわ〜！」

彩菜《あやな》ちゃんは、むがむちゅうで、かまくらを飛《と》び出しました。雪の上を走って走って、むねが苦《くる》しくなるまで走りました。

「うそ、うそでしょ。いやだ〜、みんなどこに行っちゃったのよ〜！」

まっ白な息《いき》をはいて、ようやく自分の家までもどってきました。

「あら、おかえりなさい。どうだった？「百物語《ひゃくものがたり》」

おかあさんは、台所《だいどころ》でトントンと包丁《ほうちょう》を動《うご》かしています。

「そ、それがね……」

彩菜《あやな》ちゃんは、今あったできごとをつっかえながら、泣《な》きそうになりながら、いっしょうけんめい、おかあさんに話しました。するとおかあさんは、落《お》ち着《つ》きはらった声でこう言うのです。

「そんなバカなわけないでしょ」

「本当《ほんとう》だってば。ほんとうなの！　信《しん》じてよう！」

もうほとんど半べそをかいています。

「彩菜《あやな》はみんなにからかわれたのよ。時々《ときどき》それをやるからね、あの百物語《ひゃくものがたり》は」

その言葉《ことば》を聞いて、彩菜《あやな》ちゃんはちょっとだけ気持《きも》ちがおちつきました。

「そ、そうなの？　みんなでわたしをだましたの？　そっか。なーんだ。あ〜あ、それにしてもびっくりしたあ。だって果奈《かな》ちゃんなんてねえ……」

その時です。おかあさんがゆっくり彩菜《あやな》ちゃんのほうをふり向《む》きながらこう言いました。

「果奈《かな》ちゃん、こんな顔だったかい？」

すると、おかあさんの首がヌーッと伸《の》びて、彩奈《あやな》ちゃんのほうに近づいてきました。

「キャーッ！」

家中の明かりが、フッと消《き》えました。

なにかとべんりなのよね〜〜♪
うひょ〜
ウフ♥

放課後《ほうかご》のストーブ

もうすぐ冬休みというある日の夕方、ぼくは学校へ向《む》かっていた。夕方に学校へ行くなんて、おかしな話だろう？　それが、まずい忘《わす》れ物《もの》をしちゃったんだ。それは書きかけの作文用紙……。〈二学期《にがっき》をふり返《かえ》って〉っていう作文なんだけど、明日が提出《ていしゅつ》締《し》め切《き》り日ってわけ。先生ときたら、「提出《ていしゅつ》の遅《おく》れたヤツは、冬休みに学校へ来てやってもらう」なんて言うんだ。あの先生、本当は「牧《まき》先生」っていうんだけど、「マ

ジ先生」なんてあだ名をつけられるくらいのスーパーウルトラまじめ人間。めったにジョークや〝おどし〟なんか言わない。だから明日提出《ていしゅつ》できなかったら、きっと本当に冬休みがつぶされる。時刻《じこく》は五時半。冬の五時半っていったら、もうけっこう暗《くら》い。ぼくは自転車《じてんしゃ》のペダルを、思い切りふんだ。

学校に着《つ》くと、職員室《しょくいんしつ》の蛍光灯《けいこうとう》が、白い光を校庭《こうてい》に向《む》かって投《な》げつけていた。

「すいませ〜ん、マジ……じゃなかった。牧《まき》先生、いらっしゃいますか?」

入り口を少し開《あ》けて、顔だけ職員室《しょくいんしつ》の中につき出す。

「なんだ、忘《わす》れ物《もの》か。しょうがないな。自分で取《と》ってきなさい」

いっしょについてきてくれると思ったのに、薄情《はくじょう》な先生だ。ちょっと心細《こころぼそ》いけどしかたない。ぼくはうす暗《ぐら》い階段《かいだん》を、早足で三階《かい》まであがった。廊下《ろうか》に出ると、ずっと先のつきあたりはもうまっ暗《くら》になってる。ふだんは気づかないけど、うわばきの音がキュッキュッとやけに大きくひびいた。

「あれっ？」

　教室の近くまで来て、ぼくは首をひねった。だって、教室の中からぼうっとしたオレンジ色の光がかすかにもれていたから。それに「ゴーッ」という聞きなれた音。

「なーんだ、ストーブか。だめじゃん先生。ストーブつけっぱなしで教室はなれちゃ。あっぶねえ〜」
そんなひとりごとを言って、開《あ》けっ放《ぱな》しのドアの前に立ったぼく。そ

のぼくの背中《せなか》が一瞬《いっしゅん》、ゾクッとした。それは、一人の小さな女の子がストーブの前にいたからだ。寒《さむ》いんだろうか、両手《りょうて》をストーブにかざしてじっと動《うご》かない。もちろん、クラスの女子じゃない。ぼくは五年生。だけどこの女の子はまだ五歳《さい》くらいの感《かん》じだ。

（妹と同じくらいかな？）

そう思《おも》うと怖《こわ》さも消《け》し飛《と》ぶ。ぼくはストーブに向《む》かって歩き、その子に聞いてみた。

「ねえきみ、牧《まき》先生の子ども？」

だけどその子は、ぴくりとも動《うご》かない。ぼくのほうをちらりとも見ない。

「なんだよ、人が聞いてるんだから、返事《へんじ》くらいしろよな〜」

　ぼくがちょっと頭にきかけたその時だ。

「お〜い、宿題《しゅくだい》は見つかったか〜」

　牧《まき》先生だ。先生は走っちゃいけないはずの廊下《ろうか》を走って、教室にやってきた。

「おそいから、気になって見に来たんだ。作文用紙はあったのか？」

「あ、それはまだです。だってこの子が……」

　と、ぼくはストーブのほうに目を向《む》けた。

「あれっ、いない、いない……」

　そう、いないんだ。今の今までここにいた、あの女の子がどこにもい

なくなってる。

「げっ、た、たしかにいたんっすよう、ここにちゃんと」

ぼくがいくら説明《せつめい》しても、先生はてんで信《しん》じてくれない。それどころかこんな言葉《ことば》で、ぼくの背筋《せすじ》をゾッとさせたんだ。

「いいから早く作文用紙を取《と》りなさい。寒《さむ》くてかぜをひいてしまう」

えっ、そういえばストーブがついてない。そっと手でふれてみた。ひんやりと冷《つめ》たい。ぼくは一刻《いっこく》も早く、この場《ば》を離《はな》れたい気持《きも》ちになった。

急《いそ》いで自分の机《つくえ》の中をさぐる。あった。書きかけの作文用紙だ。

「先生、ありました。それじゃ、これで帰ります!」

今度《こんど》はぼくが廊下《ろうか》を走る。

「気をつけて帰れよ」

　そんな先生の言葉《ことば》にふり向《む》いたぼくは、思《おも》わず自分の目をうたがった。だって、さっきの女の子が先生と手をつないで、じっとぼくを見ていたから。

　自転車《じてんしゃ》に飛《と》び乗《の》ると、ぼくはダッシュで家にもどった。真冬《まふゆ》の風が、ほっぺにチクチクと突《つ》き刺《さ》さる。

「おれ、ねぼけてたのか？　いや、そんなはずはない。ストーブだってたしかについてたし、女の子だってまちがいなくいたんだ」

　思い出すと、体中に寒気《さむけ》が走る。ぼくはできるだけ今のできごとを思い出さないようにして、暗《くら》くなり始《はじ》めた町を走り抜《ぬ》けた。

「た、ただいま～！」

返事《へんじ》がない。ドアのかぎはかかっていなかったんだから、おかあさんだっているはずなのに。家の中が何となく暗《くら》い。明かりはついているのに、気のせいなんだろうか。

「おかあさん、どこ？」

居間《いま》はシーンと静《しず》まりかえっている。赤外線《せきがいせん》ストーブの赤い光だけが、部屋《へや》をぼうっと照《て》らしている。応接間《おうせつま》にもいない。……水の音がする。

キッチンをのぞくと、おかあさんが向《む》こうを向《む》いて食器《しょっき》を洗《あら》ってる。

「なんだ、ここにいたのか。きっと水の音でぼくの声が聞こえなかったんだな」

ぼくはホッとして、両手《りょうて》をごしごしとこすり合わせた。

「う～、さむさむ」

ぼくは体を丸めて居間《いま》に向《む》かった。勢《いきお》いよくドアを開《あ》ける。

「もう寒《さむ》くて、こごえ……」

そこまで言ったぼくは、そのままの姿《すがた》でかたまってしまった。ストーブの前に、さっきの女の子がじっとすわっていたから……。

追《お》われる男

ある雪の夜のことだった。

「いらっしゃ〜い！」

ぼくの家は、すし屋《や》だ。その夜は大雪のせいか、お客《きゃく》が一人もいなかった。そこへ、その男がやってきた。

「アッカンとにぎりの上を……」

初《はじ》めてこの店に来るお客《きゃく》らしい。店長《てんちょう》であるぼくのおとうさんが、す

しをにぎりながらその男に話しかける。

「今夜は冷《ひ》えますねえ。お客《きゃく》さんは、ご近所《きんじょ》の方《かた》で?」

男はそれには答えず、深《ふか》くかぶった帽子《ぼうし》を取《と》りながら話を始《はじ》めた。

「もうすぐ今年も終《お》わりだねえ。いやあ、あいかわらずひどい一年だった」

いかにも疲《つか》れきったその様子《ようす》は、店の奥《おく》にいたぼくにもはっきりとわかったくらいだ。

「信《しん》じられないかも知れないが……。わたしの話を聞いてくれるかね」

「え、ええ、いいですよ。今夜はほかにお客《きゃく》さんもいないし」

男はおちょこのお酒《さけ》をグイッと飲《の》みほして、ゆっくりと話し出した。

「今から三十年ほど前の話だ。一人の学生がいた。名前を山本《やまもと》 実《みのる》という。彼《かれ》はいろいろなアルバイトをしながら学費《がくひ》をかせぐ、いわゆる苦学生《くがくせい》だった。ある時、実《みのる》は運送屋《うんそうや》でアルバイトをすることになった。その日は、

町はずれの古道具屋《ふるどうぐや》から遊園地《ゆうえんち》へ、何体《なんたい》かのマネキンを運《はこ》ぶ仕事《しごと》だった。トラックの運転手《うんてんしゅ》である一人の正社員《せいしゃいん》、一人の先輩《せんぱい》アルバイト、それに実《みのる》の三人で仕事《しごと》をしていた。古道具屋《ふるどうぐや》に着《つ》くと、一人のおばあさんが、運《はこ》び出すマネキンを指示《しじ》した。運転手《うんてんしゅ》はつぶやいた。『こんな古《ふる》ぼけたマネキン、いったい何に使《つか》うんだろうな』。それに先輩《せんぱい》アルバイトが答える。『遊園地《ゆうえんち》のお化《ば》け屋敷《やしき》に使《つか》うらしいですよ。古《ふる》いほうが迫力《はくりょく》あるのかも知《し》れませんね』。男のマネキン、女のマネキン、いろいろな種類《しゅるい》のマネキンが、店から運《はこ》び出される。その時だ！」

男の話に、おとうさんもぼくも、いつの間にか引きこまれていた。おとうさんなんか、シャリをにぎったまま、かたまってる。男はハマチの

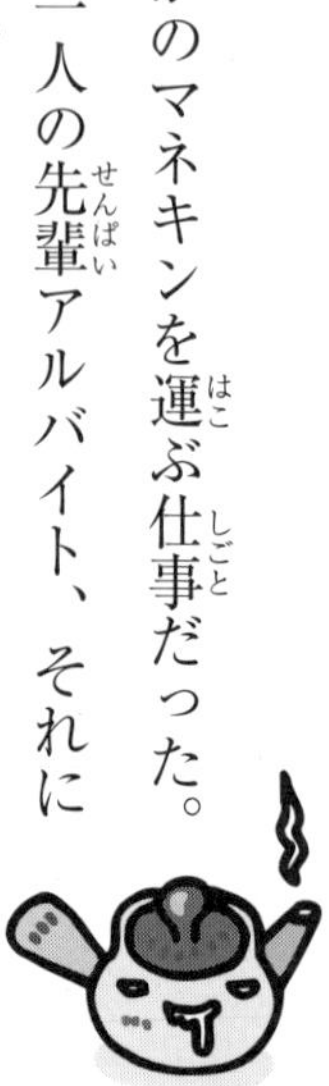

にぎりを口の中に放《ほう》りこんだ後、話を続《つづ》けた。

「運転手《うんてんしゅ》の男が、女のマネキンを運《はこ》んでいるとちゅうで、柱《はしら》の角にぶつけ、左腕《ひだりうで》を折《お》ってしまった。『いっけねえ、すいません。つい、うっかり……』。(べんしょうかな)実《みのる》は思った。けれどおばあさんは、ニヤッと笑《わら》って言ったのさ。『いいよ、こんなもの。それにしても、

あんたもついてないねぇ』。三人は顔を見合わせた。おばあさんの言った言葉《ことば》の意味《いみ》がわからなかったんだ。その後、三体のマネキンを運《はこ》び、合計九体をトラックに積《つ》み込《こ》んだ。そして、遊園地《ゆうえんち》へ向《む》かった。遊園地《ゆうえんち》に着《つ》くと、そこの責任者《せきにんしゃ》がまた人使《ひとづか》いの荒《あら》いやつでね。マネキンのセッティングまで三人にやらせたんだ。一時間近くかかって、ようやく仕事《しごと》が終《お》わった。『おれ、会社に報告《ほうこく》してくっから』。運転手《うんてんしゅ》はそう言って、電話ボックスに向《む》かった。先輩《せんぱい》アルバイトはトイレに行った。その場に残《のこ》ったのは、実《みのる》ただ一人。おでこの汗《あせ》をふきながら床《ゆか》にすわりこんだその時、あるマネキンの顔《かお》がクルッと動《うご》いた」

なんだかコワイ話になってきた。ぼくとおとうさんはゴクッとつばを

飲《の》みこむ。

「それはあの、左手を折《お》られた女のマネキンだった。【よくもわたしの腕《うで》を折《お》ってくれたね】とつぶやきながら、コツッコツッとかたい足音をひびかせて、実《みのる》のほうに近づいてくる。実《みのる》は思《おも》わず叫《さけ》んだ。『ぼくじゃない。そ、その腕《うで》を折《お》ったのはぼくじゃないんだ！』。そして転《ころ》がるようにして、外へ飛《と》び出した。そして二人に今のできごとを青い顔で説明《せつめい》したんだ。けれど二人とも、てんで相手《あいて》にしてくれない。〝おくびょう者《もの》〟と、笑《わら》われるだけだった。しかしそれから三日ほどして、運転手《うんてんしゅ》をしていた男が、行方不明《ゆくえふめい》になった。書《か》き置《お》きもなかったし、実家《じっか》にも帰っていない。第一《だいいち》、いなくなる理由《りゆう》なんか、何もなかったんだ。警察《けいさつ》も調査《ちょうさ》

に乗《の》り出したがわからない。そんなころ、もう一人の……、つまり先輩《せんぱい》アルバイトの男も、やはり同《おな》じようにして行方《ゆくえ》がわからなくなった。（やっぱり、あのマネキンには、何かののろいがかかっているんだ）。次《つぎ》はきっと自分の所《ところ》へやって来るはずだと、実《みのる》は恐怖《きょうふ》におののいた。そしてそれから一週間後《いっしゅうかんご》、冷《つめ》たい雨《あめ》の降《ふ》る夜に、そいつはやってきた」

　おとうさんの手から、ポロッとシャリがこぼれ落《お》ちる。

「時刻《じこく》はすでに十一時を回っていた。そろそろ寝《ね》ようかと思《おも》っていたその時、ドアをノックする音がした。『だれだよまったく、こんな遅《おそ》くに』。半分腹《はんぶんはら》を立てながら、実《みのる》はそっとドアを開《あ》けた。するとそこに立《た》っていたんだ、あのマネキンが。実《みのる》は後ろへ吹《ふ》っ飛《と》んだ。その手にふれたのが、

非常《ひじょう》持《も》ち出しのリュック。夢中《むちゅう》でそれをつかみ、どうにか立ち上がる。その間にマネキンは部屋《へや》の中に入ってきた。『うわ〜っ！』大声を上げ、ダッシュでマネキンの横《よこ》をすり抜《ぬ》ける。そして雨の中へ飛《と》びだした」

「そ、それでどうなりました？」

　たまらずおとうさんが口をはさむ。ぼくは、いつの間にか店の奥《おく》からカウンターの前に進《すす》み出ていた。

「逃《に》げたさ。びしょぬれになりながら、雨の中をどこまでも逃《に》げたんだ。幸《さいわ》いリュックの中には貯金《ちょきん》通帳《つうちょう》が入っていたので、実《みのる》はどこまでも逃《に》げる決心《けっしん》をした。ところが、どこへ逃《に》げてもしばらくすると、必《かなら》ずあいつは実《みのる》のところへやってきた。『つかまったら、あの二人のようになっ

てしまう』その恐怖《きょうふ》でいっぱいだった。あとの二人？　もちろん、行方《ゆくえ》不明《ふめい》のままさ。十年、二十年と逃《に》げ続《つづ》けても、あいつは実《みのる》の後《あと》を追《お》い続《つづ》けたんだ。どこへ行っても、あいつは確実《かくじつ》にやってきた。だから実《みのる》は、ただ逃《に》げ回るだけの人生を送《おく》るしかなかった。そして三十年……」

　ぼくは背筋《せすじ》がゾゾッとした。ふと、こんなふうに思《おも》ったからだ。

「もしかして、その実《みのる》ってひとは……」

　男は、帽子《ぼうし》をかぶり直《なお》して苦笑《にがわら》いをした。

「その通り。わたしが、その山本実《やまもとみのる》なんだよ。さて、長居《ながい》してあいつがここへやってくるといけない。それじゃ、ごちそうさま」

　男は……、いや、実《みのる》は代金《だいきん》を支払《しはら》うと、一度《いちど》もふり返《かえ》らず、店の外へ

出ていった。

「ふうっ、作り話だとは思《おも》っても、迫力《はくりょく》あったよ」

おとうさんが、コップの水をグッと飲《の》みほす。と、その時だ。カラカラカラ……と、入り口が開《ひら》いて、冷《つめ》たい風がサッと店の中に吹《ふ》きこんだ。

「う、うわっ！」

ぼくとおとうさんは、同時に声をあげた。そう、入ってきたんだ。

左腕《ひだりうで》のない、女のマネキンが……。

だれかの足

玄関《げんかん》のチャイムが鳴った。

「はーい、今出ま〜す！」

わたしは家の中を走りぬけて、玄関《げんかん》に向《む》かった。

「いらっしゃい。明けましておめでとう」

「おめでとう、菜々花《ななか》。あ、おばさん。明けましておめでとうございます」

わたしの家にやってきたのは、友だちのしおり、みかの二人。今日は一月三日。お正月のテレビ番組《ばんぐみ》にもちょっとあきてきたころだ。

「遊《あそ》びに来ました。おじゃましま～す！」

二人がお正月らしくおしゃれをして、やってきた。

リビングで、まずはおしゃべり。紅茶《こうちゃ》の香《かお》りが、そのおしゃべりにますます火をつける。

「ねえ、外でバドミントンやらない？」

ひととおり、おしゃべりが終《お》わると、今度《こんど》は外遊《あそ》び。だけど、おかあさんが大げさに顔をしかめながら言った。

「あらぁ、残念《ざんねん》ねえ。さっきから雨が降《ふ》ってるわ。やむまで、家の中で遊《あそ》んでたら？」

窓《まど》に顔を押《お》しつける。本当だ。いつの間にか冷《つめ》たそうな雨が、音もなく降《ふ》り注《そそ》いでいた。

「しかたないね。トランプかカードゲームでもして遊《あそ》ぼうか」

こう言ったのはみか。今日はテレビゲームはしないって決《き》めたんだ。

お正月だもん。ちょっとはお正月らしい遊《あそ》びをしなくっちゃ。

わたしの部屋《へや》には、こたつがある。というか、今日だけなんだけどね。

お正月とこたつって、なんかぴったりって感《かん》じで、いいと思わない？

「まずはトランプといきましょう」

しおりが張《は》り切《き》ってる。

「あたし、ババぬきと神経衰弱《しんけいすいじゃく》しか知らないんだ」

四年生にもなって、信《しん》じらんない。みかはいっつも、テレビゲームやってるからなあ。

「いいよいいよ、ババぬきで。その代《か》わり、みかが配《くば》ってよね」

とまあ、こんな調子《ちょうし》で、トランプ遊《あそ》びが始《はじ》まった。だけどじきにまけてばっかりのしおりがブツブツ言い出した。

「もう、つまんない。神経衰弱《しんけいすいじゃく》にしようよ」

「無理《むり》だよ。このこたつ、小さいから全部《ぜんぶ》のカードはおけないもん」

わたしがそう言うと、二人も「そうだね」となっとく。ふだんはわた

しがテーブル代《が》わりに使《つか》うだけだから、一番《いちばん》小さいサイズのやつなんだ。ちょっと足を伸《の》ばしても、中でだれかの足にぶつかっちゃうくらいなの。

そのとき、わたしはフッとあることを思《おも》いついた。

「ねえ、占《うらな》いやってみない？　今年の運試《うんだめ》しよ。『クロちゃん』っていう占《うらな》いだよ」

　それを聞いて、しおりが首をかしげた。

「知らない、そんなの。どうやってやるの？」

　わたしもやるのは今日が初《はじ》めて。ちょっと前に、しんせきのおじさんが教えてくれた占《うらな》いなんだ。〝やるときは必《かなら》ず一人の時にやるんだぞ〟なんて言ってたけど、別《べつ》にどうでもいいじゃん、そんなこと。

「用意《ようい》するのは、黒いハンカチと、穴《あな》の開《あ》いたコイン。ええと、五円玉でいいや。それから短《みじか》い鉛筆《えんぴつ》、それから部屋《へや》を暗《くら》くして……。さて、これでよし。さあ、始《はじ》めるよ」

　しおりとみかが顔を見合わせた。

「ね、ねえ、菜々花《ななか》。これ、やめない？」

「えー、しおり、こわいんじゃん？　だいじょうぶだよ、こんなの。今年の運勢《うんせい》を占《うらな》うだけなんだから」

　わたしはかまわず、この占《うらな》いをはじめた。

　コインをテーブルのまん中に置《お》き、その上に黒いハンカチをかぶせる。

　そしてコインの穴《あな》に合わせて、鉛筆《えんぴつ》の先をそっと立てる。そしてその鉛《えん》

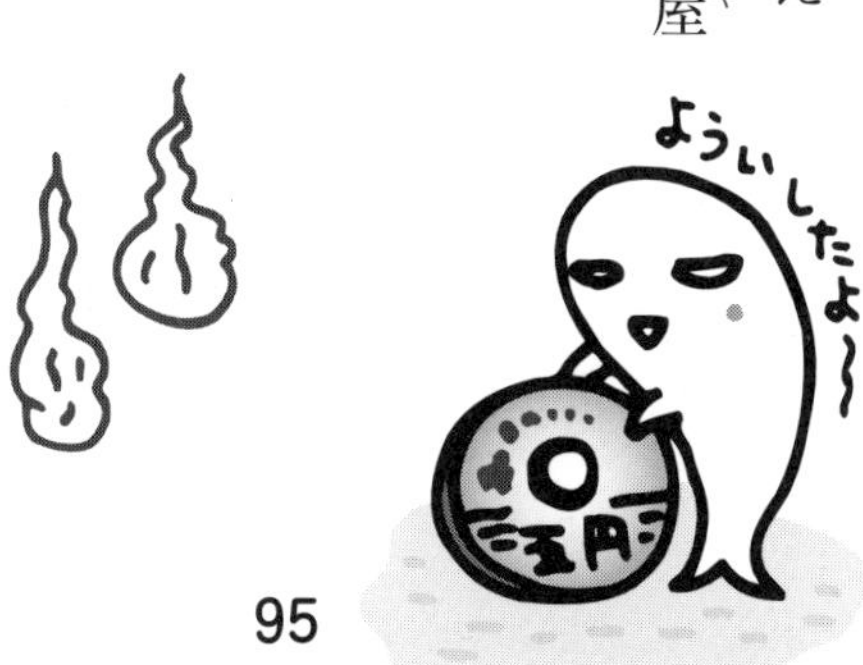

筆《ぴっ》を、三人が持《も》つ。

「クロちゃんクロちゃん、今年、一番《いちばん》いいことがあるのはだれですか」

するとまもなく、三人でにぎっているはずの鉛筆《えんぴつ》がスウッと動《うご》き、みかのほうへと向《む》かった。

「えっ、何これ。なんで動《うご》くの？」

しおりがへんな声を出したけど、わたしはそれを軽《かる》く無視《むし》した。

「わあっ、いいなあ、みか。今年一番《いちばん》つい

てるってよ」

　わたしはおもしろくなってきた。なのに二人は、ちっとも楽しそうにしていない。それだけじゃなく、〝いいことがある〟って占《うらな》いで出たみかが、こんなことを言い出した。

「もうやめようよ。なんか気持《きも》ち悪《わる》い」

　と、その時だ。下のキッチンからおかあさんの大声が飛《と》んできた。

「おやつができたわよ。だれか、取《と》りに来てくれない!?」

　その声を聞いて、みかとしおりの二人が同時に、「はあい」と返事《へんじ》をした。そして、鉛筆《えんぴつ》から手を離《はな》して、飛《と》ぶように部屋《へや》を出て行った。

「なによあの二人、あんなに大急《おおいそ》ぎで。……ははぁ、さてはこわいんだ

な。ふふっ、バカみたい。こんな占《うらな》い遊《あそ》びでビビッちゃってさ」

　わたしがミカンに手を伸《の》ばしたその時だ。

「えっ、なに？」

　わたしの足に何かがふれた。もちろん、こたつの中の足に。

「……な～んちゃってね。だれもいないのに、そんなことあるはず……」

　またふれた。わたしの足に、まちがいなく何かがふれて、モゾッと動《うご》いた。うちにネコでもいれば、ふしぎじゃない。だけど、そんなものはいない。

「な、なんなの？　いったい何なのよ」

　わたしはそっと、こたつのふとんを持《も》ち上げて、そっと中をのぞきこ

んだ。赤外線《せきがいせん》の赤い光がまぶしい。そしてその明かりに照《て》らされたものは……。
「ヒエッ！」
わたしの悲鳴《ひめい》は、のどの奥《おく》でかき消《け》された。赤い光の中では、一本の足だけが、ゴソッ、ゴソッとうごめいていた。

雪の日の探検隊《たんけんたい》

「雪男を探《さが》しに行くぞ！」

大樹《ひろき》がいきなり叫《さけ》んだ。

「はあ？　何言ってんの、おまえ」

あきれ顔なのは、祐太《ゆうた》と凌《りょう》。

「あのねえ、雪男なんていないの。今まで一度《いちど》だって、つかまったことがないんだぞ。写真《しゃしん》だって、みんなインチキさ」

凌《りょう》の言葉《ことば》に、祐太《ゆうた》が「そうだ」と大きくうなずく。

「わかってねえなあ、お前たち。あのな、ここだけの話だぞ」

大樹《ひろき》の声がとつぜん小さくなった。話によると、この前の大雪の日に雪男を見たというのだ。大樹《ひろき》はスキーが大得意《だいとくい》。それもゲレンデをすべりおりるスキーではなくて、クロカンスキー。これは〝歩《ある》くスキー〟とも言われ、すべることも歩くこともできるスキーだ。つまり、自然《しぜん》の中へガンガン入っていくことのできるスキーなのだ。そのクロカンスキーを楽しんでいるとき、ぐうぜん山の中で雪男を見たというのだ。

「だけど大樹《ひろき》、それがどうして雪男だってわかったんだよ」

「そりゃおまえ、背《せ》の高さは、まあ、三メートルはあったな。それに足《あし》

跡《あと》のでっかかったこと。ほれ、これがその写真《しゃしん》だ」

大樹《ひろき》の差《さ》し出した写真《しゃしん》は、たしかにとてつもなく大きな雪の上の足跡《あしあと》だった。となりにスキーのストックが置《お》いてあるので、そのとんでもない大きさがよくわかる。

「な、なんかおれ、本物《ほんもの》っぽい気がしてきたよ」

祐太《ゆうた》の言葉《ことば》に、今度《こんど》は凌《りょう》がウンウンとうなずく。

こうして、少年雪男探検隊《たんけんたい》が誕生《たんじょう》したのだった。

「おい、見失《みうしな》うな。しっかりついてこいよ」

三人が探検《たんけん》に出た日は大雪だった。大樹《ひろき》はクロカンス

キーを持《も》っているが、あとの二人は、かんじき(注1)しか持《も》っていない。とても大樹《ひろき》のスピードにはついて行けないのだ。

「なあ、大樹《ひろき》。吹雪《ふぶ》いてきたぞ。引き返《かえ》したほうがいいんじゃないか？」

祐太《ゆうた》の提案《ていあん》はもっともだ。ここは青森県《あおもりけん》。それも大きな遭難《そうなん》事故《じこ》で有《ゆう》名《めい》な〝八甲田山《はっこうださん》〟という深《ふか》い山なのだ。

「だいじょうぶ。なんたって、最新型《さいしんがた》のＧＰＳ(注2)を持《も》ってきたんだから、迷《まよ》ったりすることはないさ」

けれどもう三時間近くも、山の中をさまよっている。スキーウェアを着《き》てきたとはいっても、気温《きおん》はおそらく、氷点下《ひょうてんか》十度《ど》を下回っているだろう。冷《ひ》え切って体に力が入らない。吹雪《ふぶき》はますますひどくなってきた。

(注1) 木と縄でつくられている、雪の上を歩きやすくするためのはき物。

(注2) 人工衛星を利用して、自分のいる位置を知ることができるシステム。

目の前はまっ白で、もうほとんど何も見えない。

「雪男なんて、もうどうでもいいよ。とうちゃんもかあちゃんも心配《しんぱい》してるだろうな」

凌《りょう》がふりしぼるような声で、そう言った。家の人には、「裏山《うらやま》でちょっとスキーしてくる」と、うそをついてきた。こんなに天気が大荒《おおあ》れなんじゃ、きっと心配《しんぱい》してさがしに行ってるはずだ。

「そ、そうだな。今日のところはあきらめて、引き返《かえ》そうか」

さすがの大樹《ひろき》もあきらめかけたその時だった。

「いた！　雪男だ！」

突然《とつぜん》三人の目の前に、巨大《きょだい》な影《かげ》がゆらっとゆれた。けれど

それは雪男というふんいきではない。
もっと細《ほそ》い。もっと高い。それに白い
布《ぬの》を身《み》にまとっているような感《かん》じだ。
「ゆ、雪男？」
大樹《ひろき》がつぶやくと、風の音と区別《くべつ》の
つきにくい高い声がひびいてきた。
【わたしは……ゆき……おん……】
「はっ？　何だかよく聞こえねえぞ。
…雪女…？。そうだ。これは雪女なん
だ！　すげえ、おれたち、雪男よりも

すげえものを見つけちまったよ。スクープだ、大スクープ!」

大樹《ひろき》は一人で舞《ま》い上がっていた。ザックから急《いそ》いでカメラを取《と》り出す。

しかしシャッターを切《き》ろうとしても、指《ゆび》がかじかんで動《うご》かない。

「くっそう、こんな時になんてこった」

【わたしの……ことをだれかに……しゃべったら……おまえは……】

「……しゃべるなってことか。ちぇっ、写真《しゃしん》さえ撮《と》れればなあ」

カメラを思《おも》い切り雪の上にたたきつける。

「はっ、あいつらは?」

気がつくと、二人がいない。あたりを見回してもどこにもいない。雪女は、高い笑《わら》い声を残《のこ》して、どこへともなく消《き》えていった。

「ちくしょう。あいつら、こわくなって、先に逃《に》げたな。何て薄情《はくじょう》なやつらだ。ＧＰＳもなしに逃《に》げやがって、道に迷《まよ》ってなきゃいいけどな」

大樹《ひろき》のひとりごとが、ブツブツと続《つづ》く。

山を下りると、空はうそのように晴《は》れわたっていた。ぐったり疲《つか》れた体で、家へ向《む》かう。

「ふうっ、ただいま」

「あら、早かったのね。もっとたっぷり遊《あそ》んで来るかと思《おも》ったのに」

おかあさんの言葉《ことば》に、大樹《ひろき》は時計を見た。

「う、うそだろ?」

家を出てから、まだ二時間とたっていない。一日中、山の中にいたよ

うな気がするのに。

「あ、そうだ。祐太《ゆうた》と凌《りょう》は？ もうもどったかなあ」

ヒーターのきいた家の中で、大樹《ひろき》はトレーナー一枚《まい》に着《き》がえた。

「何言ってるの。ついさっき、二人で遊《あそ》びに来たわよ。『ゲームで対戦《たいせん》するって約束《やくそく》してたのに』って、怒《おこ》ってたわよ」

いったい、どういうことだろう。大樹《ひろき》の頭の中は、ぐちゃぐちゃにこんがらかった。と、そこへ、玄関《げんかん》のチャイムが鳴る。祐太《ゆうた》と凌《りょう》の二人だった。

「おいお前たち、なんで先に逃《に》げたんだよ。お前たちだって見ただろう？ あの雪女を」

しゃべっちゃダメだってば…
あわわ…

それを聞いた二人は、がっかりしたように顔を見合わせた。

「あーあ、バカなヤツだな、大樹《ひろき》も。言われただろう、『ぜったいに言うな』って」

次《つぎ》の瞬間《しゅんかん》、あたりの景色《けしき》が一瞬《いっしゅん》にして雪山にもどった。吹雪《ふぶき》のまっただ中へ。

「ど、どういうことなんだ。うう、さ、寒《さむ》い……」

その時、頭の上でどこかで聞いた高い笑《わら》い声がひびいてきた。

【おまえは……わたしと……いっしょに……くるんだよ】

大樹《ひろき》の体が、みるみる白い雪にくるまれていった。

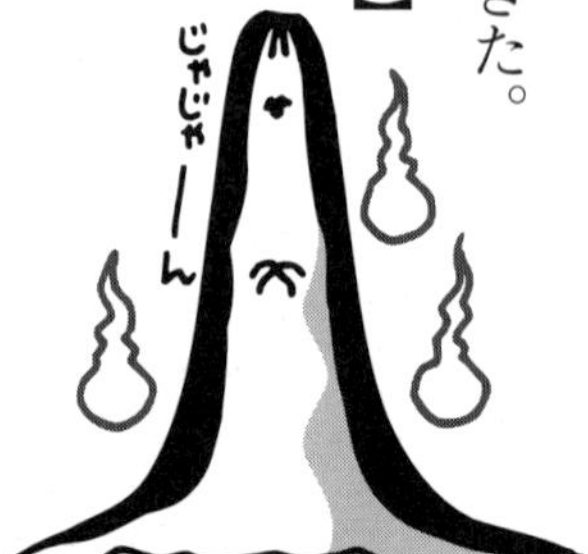

いかがでしたか？
身《み》の毛もよだつ、真冬《まふゆ》の恐怖《きょうふ》は。
また近いうちにお会いしましょうね。
それでは。
イッヒッヒッ……

▲著者 山口　理（やまぐち　さとし）
東京都生まれ。教職の傍ら執筆活動を続け、のちに作家に専念。児童文学を中心に執筆するが、教員向けや一般向けの著書も多数。特に〝ホラーもの〟は、『呪いを招く一輪車』『すすり泣く黒髪』（岩崎書店）や、『5分間で読める・話せるこわ〜い話』『死者のさまようトンネル』（いかだ社）など、100編を超える作品を発表している。

▲絵 伊東ぢゅん子（いとう　ぢゅんこ）
東京都生まれ。現在浦安市在住。まちがいさがし、心理ゲームなどのイラスト・コラムマンガ等、子ども向けの本を手がけ、『なぞなぞ＆ゲーム王国』シリーズ、『大人にはないしょだよ』シリーズ、『恐竜の大常識』シリーズ（いずれもポプラ社）のキャラクター制作を担当。

編集▲内田直子
ブックデザイン▲渡辺美知子デザイン室

恐怖の放課後　あの世からのクリスマスプレゼント

2007年11月1日　第1刷発行

著　者●山口 理©
発行人●新沼光太郎
発行所●株式会社いかだ社
〒102-0072 東京都千代田区飯田橋2-4-10 加島ビル
Tel. 03-3234-5365　Fax. 03-3234-5308
振替・00130-2-572993
印刷・製本　株式会社ミツワ

乱丁・落丁の場合はお取り換えいたします。
ISBN978-4-87051-217-7